KB109405

그녀에게

그녀에게

두려움에 대하여 통증에 대하여
그러나 사랑에 대하여

나희덕 시선집

예경

차례

누슈, 여자의 말

시를 통해 지나온 시간의 갈피를 돌아보는 일에는 일말의 슬픔이 따른다. 그래도 다행이다, 온기가 남아 있다. 온기 어린 슬픔, 거기에 기대어 첫 시선집을 묶는다. 내 속에 깃들어 살아온 수많은 여자들에게 따뜻한 밥 한 끼 지어먹이고 싶은 마음으로. 또한 같은 시대를 함께 통과하고 있는 여자들에게 다정한 인사를 건네는 마음으로.

여성시인으로 살아간다는 것은 사이렌에 점점 가까워져가는 일이라는 생각이 든다. 사이렌의 노래는 사람들을 유혹해 치명적 죽음에 이르게 한다고 알려져 있지만, 그것은 지레 사슬로 자신의 몸을 묶고 한 줌의 밀랍으로 귀를 막은 오디세우스의 두려움에서 비롯되었는지도 모른다. 사랑을 잃고 목소리마저 잃은 사이렌. 카프카가 「사이렌의 침묵」이라는 짧은 글에서 묘사한 것처럼 "그녀들의 고개 돌림, 깊은 호흡, 눈물이 가득 찬 눈, 반쯤 열린 입"을 제대로 보았다면, 그녀들의 침묵에 좀더 귀를 기울였다면, 그는 사이렌을 진심으로 이해할 수도 있지 않았을까.

낡은 거푸집을 헤치고 날아오르느라
날개가 부러진 흔적이 있다면
당신은 새-여자

찢긴 지느러미를 지니고 있다면
당신은 물고기-여자

「들리지 않는 노래」 부분

한편 중국에는 '누슈女書'라는 언어가 있었다. 여자들 사이에 전해내려온 이 비밀스러운 문자는 점, 쉼표, 직선, 곡선 등의 문양을 부채에 그려넣거나 손수건에 수를 놓아 기록했다고 한다. 문자가 남성들만의 전유물이었던 시절, 누슈는 여자들의 내밀한 감정과 생각을 전하는 아름다운 매개체였다. 짧고 함축적인 이 문자는 대체로 5자나 7자로 된 시의 형태로 표현되었다. 2004년, 누슈를 알고 있는 마지막 여인이 세상을 떠남으로써 누슈는 지상에서 사라진 말이 되었다.

그러나 지금도 여자들 사이엔 보이지 않는 '누슈' 같은 게 있다고 나는 믿는다. 언어가 다르고 장르가 달라도 서로를 알아볼 수 있고 이해할 수 있는, 언어를 넘어선 언어 같은 것 말이다. 점과 선으로 구성된 평면을 보면서, 또는 한 편의 시를 읽으면서, 우리는 같은 것을 떠올리거나 같은 감정을 느낄 수 있다. 내 시의 내면풍경과 맞닿아 있는 그림을 만날 때마다 그 속에서 수많은 사이렌의 얼굴과 누슈의 흔적을 발견하곤 했다. 시 속의 그녀가 그림 속의 그녀에게 말을 걸고, 그림 속의 그녀가 시 속의 그녀에게 손을 건네는 것 같았다.

D.H.로렌스는 문학의 가장 지고한 목표는 "떠나기, 도주하기, 지평선을 가로지르기, 다른 삶으로 스며들기"라고 말했다. 경계 넘기로서의 글쓰기, 이 끝없는 여정에서 시인은 어제의 시에 대해 더 이상 어떤 권리도 갖지 못한다. 시인은 다만 오늘의 시와 내일의 시를 향해 자신을 열 수 있을 뿐이다. 그럼에도 불구하고 어제의 시들을 모아 시선집을 내는 것은 시와 그림의 결합이라는 작업에 매혹을 느꼈기 때문이다.

누구보다도 작품을 흔쾌하게 내어준 화가들께 깊은 감사를 드린다. 미국과 캐나다, 남아프리카 공화국 등지에서 활동하고 있는 여성 화가들인 지지 밀스Gigi Mills, 엘리너 레이Eleanor Ray, 카렌 달링Karen Darling, 니콜 플레츠Nicole Pletts의 넉넉한 우정과 도움이 없었다면 이 책은 나오지 못했을 것이다. 얀 킨슬로버Jan Kinslowe와 헝가리 화가인 쉬치 미클로시Szüts Miklós에게도 감사드린다. 작고한 화가들로는 파울라 모데르존 베커Paula Modersohn Becker, 펠릭스 발로통Félix Vallotton, 헬레네 슈에르프벡Helene Schjerfbeck, 안나 앙케Anna Ancher, 에벌린 윌리엄스Evelyn Williams의 작품을 함께 실었음을 밝혀둔다.

텅 빈 캔버스를 마주할 때의 고독은 흰 종이 앞에서 느끼는 막

막함과 크게 다르지 않을 것이다. 그 고독과 침묵을 찢고 나온 언어와 형상이 여기 나란히 마주보고 있다. 아름다움이란 타자의 얼굴처럼 주어지는 무엇, 운명처럼 다가오는 무엇이며, 우리를 둘러싼 대기 속에 잠시 머물다 가는 어떤 것이다. 우리는 아름다움을 창조하는 주체가 아니라 아름다움이 기꺼이 머물 만한 장소에 불과하다. 이때 우리가 할 수 있는 일은 아름다움이 우연히 지나가는 순간을 기다리고 알아보는 것뿐이다. 로젠버그가 "캔버스에서 일어날 수 있는 것은 그림이 아니라 사건"이라고 말했듯이, 이 시집 역시 완료된 경험과 감정의 보고서가 아니라 아름다움이라는 사건이 일어나는 공간이 되면 좋겠다. 미처 말해지지 못하고 그려지지 못한 것들이 눈 밝은 독자에 의해 새롭게 읽혀지면 좋겠다.

출간을 제안해주시고 정성을 다해 만들어주신 도서출판 예경의 유승준 주간님과 편집자 김희선 씨에게 감사의 마음을 전한다. 더 좋은 그림을 찾기 위해 함께 애쓰고, 까다로운 저작권 문제를 해결하기 위해 얼마나 노고가 많았는지 모른다. 소식이 잘 닿지 않는 외국의 화가들을 향해 수없이 편지를 보내준 그녀에게 이 책이 아름다운 답장이 되면 좋겠다. 그리고 이 누슈를 알아볼 미지의 그녀들에게도.

2015년 5월 나희덕

어둠과 취기로 감았던 눈을
밝아오는 빛 속에 떠야 한다는 것이,
그 눈으로
삶의 새로운 얼굴을 바라본다는 것이,
그 입술로
눈물 젖은 희망을 말해야 한다는 것이
나는 두렵다.
어제 너를 내리쳤던 그 손으로
오늘 네 뺨을 어루만지러 달려가야 한다는 것이.

나 서른이 되면

<She had an old black phone>, Gigi Mills

이따금 봄이 찾아와

내 말이 네게로 흐르지 못한 지 오래되었다

말은
입에서 나오는 순간 공중에서 얼어붙는다
허공에 닿자 굳어버리는 거미줄처럼

침묵의 소문만이 무성할 뿐
말의 얼음조각들이 여기저기 흩어져 있다

이따금 봄이 찾아와
새로 햇빛을 받은 말들이
따뜻한 물속에 녹기 시작한 말들이
들려오기 시작한다, 아지랑이처럼
물오른 말이 다른 말을 부르고 있다

부디,
이 소란스러움을 용서하시라

그 복숭아나무 곁으로

너무도 여러 겹의 마음을 가진
그 복숭아나무 곁으로
나는 왠지 가까이 가고 싶지 않았습니다
흰꽃과 분홍꽃을 나란히 피우고 서 있는 그 나무는 아마
사람이 앉지 못할 그늘을 가졌을 거라고
멀리로 멀리로만 지나쳤을 뿐입니다
흰꽃과 분홍꽃 사이에 수천의 빛깔이 있다는 것을
나는 그 나무를 보고 멀리서 알았습니다
눈부셔 눈부셔 알았습니다
피우고 싶은 꽃빛이 너무 많은 그 나무는
그래서 외로웠을 것이지만 외로운 줄도 몰랐을 것입니다
그 여러 겹의 마음을 읽는 데 참 오래 걸렸습니다

흩어진 꽃잎들 어디 먼 데 닿았을 무렵
조금은 심심한 얼굴을 하고 있는 그 복숭아나무 그늘에서
가만히 들었습니다 저녁이 오는 소리를

<Alex>, Nicole Pletts

내 속의 여자들

내 속에는
반만 피가 도는 목련 한 그루와
잎끝이 뾰족뾰족한 오엽송,
잎을 잔뜩 오그린 모란 두어 그루,
꽃을 일찍 피워버려
이제 하릴없이 무성해진 라일락,
이런 여자들 몇이 산다
한 뙈기 땅에 마음을 붙이고부터는
그녀들이 뿌리내려
내 영혼의 발목도 잡아주기를,
어디로도 못 가고
바람 소리도 못 들은 채 살 수 있기를 바랐다
바람의 길은 너무 높거나 너무 낮은 곳에 있었다
어떤 날은 전지가위를 들고
무성해진 가지를 마구 쳐내기도 했다
쳐내면서 내 잎 끝에 내가 찔리고
그런 날 밤에는
내 속의 뿌리들, 그녀들, 몸살을 앓고는 했다
다른 뜰에서 수십 송이 꽃들이

폭죽처럼 터지던 봄날

내 반쪽 옆구리에는 목련 한 송이 간신히 피어났다

오그린 모란잎 사이에 고여 있는

몇 방울 빗물은 쉽게 마르지 않았다

라일락의 이미 흩어진 향기 돌아오지 않았다

바람은 짐짓 모른 체하며 내 곁을 지나갔다

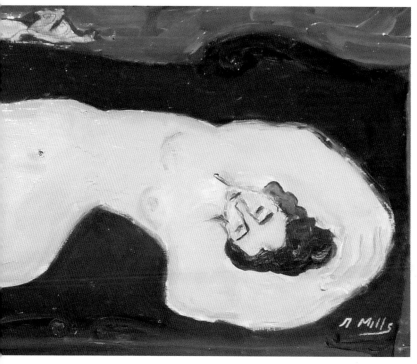

<Nude on Blue>, Gigi Mills

분홍신을 신고

음악에 몸을 맡기자
두 발이 미끄러져 시간을 벗어나기 시작했어요
내 안에서 풀려나온 실은
술술술술 문지방을 넘어 밖으로 흘러갔지요
춤추는 발이
빵집을 지나 세탁소를 지나 공원을 지나 동사무소를 지나
당신의 식탁과 침대를 지나 무덤을 지나 풀밭을 지나
돌아오지 않아요 멈추지 않아요
누군가 나에게 계속 춤추라고 외쳤죠
두 다리를 잘린다 해도
음악에 온전히 몸을 맡길 수 있다니,
그것도 나에게 꼭 맞는 분홍신을 신고 말이에요
당신에게도 들리나요?
둑을 넘는 물소리, 핏속을 흐르는 노랫소리,
나는 이제 어디로든 갈 수 있어요
강물이 둑을 넘어 흘러내리듯
내 속의 실타래가 한없이 풀려나와요
실들이 뒤엉키고 길들이 뒤엉키고
이 도시가 나를 잡으려고 도끼를 들고 달려와도

이제 춤을 멈출 수가 없어요

내 발에 신겨진, 그러나 잠들어 있던

분홍신 때문에

그 잠이 너무도 길었기 때문에

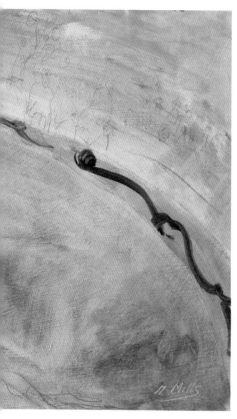

<Juliana's Pony / Circus>, Gigi Mills

동작의 발견

물방울들은 얼마나 멀리 가는가
새들은 어떻게 점호도 없이 날아오르는가

그러나 그녀의 발은 알고 있다
삶은 도약이 아니라 회전이라는 것을
구멍을 만들며 도는 팽이처럼
결국 돌아오고 또 돌아올 수밖에 없다는 것을

그러나 그녀의 손은 알고 있다
삶은 발명이 아니라 발견에 가깝다는 것을
가슴에 손을 얹고 몇 시간째 서 있으면
어떤 움직임이 문득 손끝에서 시작된다는 것을
동작은 그렇게 발견된다는 것을

동작은 동작을 낳고 동작은 절망을 낳고 절망은 춤을 낳고
춤은 허공을 낳고
그녀의 몸에서 흘러나온 길이 어디론가 사라지고

그녀는 아는가
돌면서 쓰러지는 팽이의 낙법을
동작의 발견은 그때야 비로소 완성된다는 것을

<Michael attends the bird show>, Gigi Mills

들리지 않는 노래

날개와 발톱이 있다면
당신은 새 – 여자

꼬리와 지느러미가 있다면
당신은 물고기 – 여자

몸이 조금씩 변해가는 줄도 모르고 있다가
어느 날 물에 비친 모습을 보았지
당신은 머리를 빗어내리며 노래를 불렀지

물거품처럼 떠가는 노래
오래전 당신이 부르던 노래
아기를 업어 재우며 부르던 노래
슬픔의 베틀 앞에 앉아 부르던 노래

피에서 솟구친 노래는 어떻게 떨어져내리나
모래언덕을 잃어버린 파도는 어떻게 출렁거리나

사랑을 잃고
그 때문에 목소리마저 잃은 당신
침묵이 가장 무거운 그물이라는 것을 알아차린 이도 있었지

더 이상 노래를 부르지 않아도
나는 당신이 누구인지 한눈에 알아볼 수 있지

낡은 거푸집을 헤치고 날아오르느라
날개가 부러진 흔적이 있다면
당신은 새 – 여자

찢긴 지느러미를 지니고 있다면
당신은 물고기 – 여자

<Leda waits on the shore>, Gigi Mills

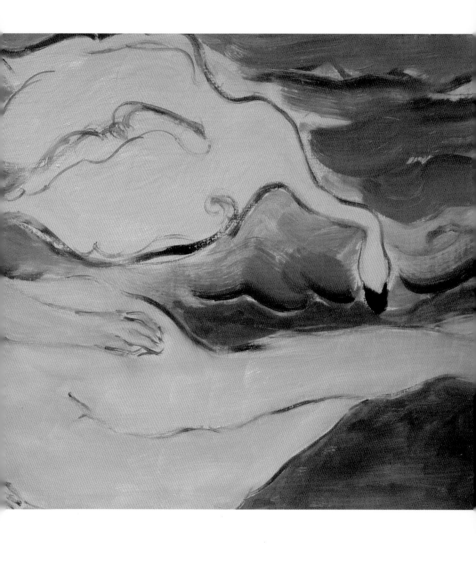

<Friends>, Helene Schjerfbeck

우는 여자

저녁 무렵 출근하다 우연히 만난 그 친구 때문에,
십 년 세월을 담고 선 그녀의 눈빛 때문에,
함께 손 잡고 가장 먼 곳까지 나갔었던
마른 갈대의 숲과 그 기억 때문에,
어린 날 느티나무 위로 빛나던 별처럼
곱게 자라서 만나자던 그 까마득한 약속 때문에,
그러나 모든 것이 변했기 때문에,
몸마저 무너지던 그날
하늘을 날아 흩어지던 붉은 구름 때문에,
이제 수치도 성스러움도 아닌 저녁 출근 때문에,
다 이해할 수 있다는 듯한 그녀의 표정을
여기에 불러세운 세월 때문에,
십 년 만에 처음으로 뉘우침을 갖게 하는
오오랜 친구 그녀 때문에,

벗어놓은 스타킹

지치도록 달려온 갈색 암말이
여기 쓰러져 있다
더이상 흘러가지 않을 것처럼

生의 얼굴은 촘촘한 그물 같아서
조그만 까끄러기에도 올이 주르르 풀려나가고
무릎과 엉덩이 부분은 이미 늘어져 있다
몸이 끌고 다니다가 벗어놓은 욕망의
껍데기는 아직 몸의 굴곡을 기억하고 있다
의상을 벗은 광대처럼 맨발이 낯설다
얼른 집어들고 일어나 물속에 던져넣으면
달려온 하루가 현상되어 나오고
물을 머금은 암말은
갈색빛이 짙어지면서 다시 일어난다
또 다른 의상이 되기 위하여

밤새 갈기는 잠자리 날개처럼 잘 마를 것이다

<Black Dress>, Karen Darling

너무 많이

그때 나를 내리친 것이 빗자루방망이였을까 손바닥이었을까 손바닥에 묻어나던 절망이었을까. 나는 방구석에 쓰레받기처럼 처박혀 울고 있었다. 창밖은 어두워져갔고 불을 켤 생각도 없이 우리는 하염없이 앉아 있었다. 이상하게도 그 침침한 방의 침묵은 어머니의 자궁 속처럼 느껴져 하마터면 나는 어머니의 손을 잡을 뻔했다.

그러나 마른번개처럼 머리 위로 지나간 숱한 손바닥에서 어머니를 보았다면, 마음이 마음을 어루만지는 소리를 들었다면, 나는 그때 너무 자라버린 것일까. 이제 누구도 때려주지 않는 나이가 되어 밤길에 서서 스스로 뺨을 쳐볼 때가 있다. 내 안의 어머니를 너무 많이 맞게 했다.

<Checkered Robe>, Karen Darling

나 서른이 되면

어둠과 취기에 감았던 눈을
밝아오는 빛 속에 떠야 한다는 것이,
그 눈으로
삶의 새로운 얼굴을 바라본다는 것이,
그 입술로
눈물 젖은 희망을 말해야 한다는 것이
나는 두렵다.
어제 너를 내리쳤던 그 손으로
오늘 네 뺨을 어루만지러 달려가야 한다는 것이,
결국 치욕과 사랑은 하나라는 걸
인정해야 하는 것이 두렵기만 하다.
가을비에 낙엽은 길을 재촉해 떠나가지만
그 둔덕, 낙엽 사이로
쑥풀이 한갓 희망처럼 물오르고 있는 걸
하나의 가슴으로
맞고 보내는 아침이 이렇게 눈물겨웁다.
잘 길들여진 발과
어디로 떠나갈지 모르는 발을 함께 달고서
그렇게라도 걷고 걸어서
나 서른이 되면
그것들의 하나됨을 이해하게 될까.

두려움에 대하여 통증에 대하여
그러나 사랑에 대하여
무어라 한마디 말할 수 있게 될까.
생존을 위해 주검을 끌고가는 개미들처럼
그 주검으로도
어린것들의 살이 오른다는 걸
나 감사하게 될까, 서른이 되면.

<Versignage Singles II>, Nicole Pletts

<Versignage Singles III>, Nicole Pletts

너에게로 가지 않으려고 미친 듯 걸었던
그 무수한 길도
실은 네게로 향한 것이었다

까마득한 밤길을 혼자 걸어갈 때에도
내 응시에 날아간 별은
네 머리 위에서 반짝였을 것이고
내 한숨과 입김에 꽃들은
네게로 몸을 기울여 흔들렸을 것이다

2부

푸른 밤

<Emma's Turn / Seaside Cliff>, Gigi Mills

사랑

피 흘리지 않았는데
뒤돌아보니
하얀 눈 위로
상처 입은 짐승의
발자국이
나를 따라온다

저 발자국
내 속으로
절뚝거리며 들어와
한 마리 짐승을 키우리

눈 녹으면
그제야
몸 누힐 양지를
찾아 떠나리

한 손에 무화과를 들고

그가 내게로 걸어왔을 때
무화과는 금방이라도 쪼개질 것처럼 보였다

초가을 저녁 이만한 향기는 드물어서
말없이 무화과를 받아들었다

실타래 모양의 속꽃들,
붉게 곤두선 혀들은 뭐라고 했던가

부르튼 입술에서 한없이 풀려나오는
사랑의 말들

뭉클뭉클 흘러드는 이 말을
어찌 꽃이 아니라 말할 수 있을까

내 속에서 누군가 중얼거린다
눈부신 열매들이란 좀 멀리 있는 편이 좋다고

그러나 한 손에 무화과를 들고
그가 천천히 걸어왔을 때

무화과는 이미 쪼개져 있었다
태초부터 그 입술은 나를 향해 열려 있었다

<Kuvakudos>, Helene Schjerfbeck

<Paris Hotel Room with Red Poppies>, Gigi Mills

그대가 오기 전날

그동안 나에게는 열망하는 바가 얼마나 많았더냐
오랜 줄다리기, 그 줄을 내려놓고
이제 두 손을 털면
하늘마저 가까이 내려와 숨을 내쉰다

그러나 나에게는 망설이던 적이 얼마나 많았더냐
진흙탕 속을 걸어가면서도
발목 하나 빠지지 않으려고 버둥거리다가
이제 온몸으로 넘어지고 나니
진흙도 나를 받아 감싸는구나

열망하면서도 뛰어들지 못했던 많은 일들이
활활한 불길처럼 살아오는 오늘
그대로 하여
열망과 용기를 함께 가지게 되었으니
두렵지 않아라,
눈먼 그대를 내 안에 앉히는 일이

한 아메바가 다른 아메바를

손보다는 섬모가 좋다
인간다움이 제거된 부드러운 털이 좋다
둥글고 잘 휘어지는 등이 좋다
구불구불 헤엄치는 무정형의 등이 좋다
휩쓸고 지나가도 아무런 흔적을 남기지 않는
온순한 맨발이 좋다
한 걸음 한 걸음 옮길 때마다
매순간 새롭게 생겨나는 위족이 좋다
때로 썩어가는 먹이를 구하지만
소화시킬 수 없는 것은 다시 내보내는 식포가 좋다
맑은 물에도 살고 짠물에도 살며
너무 많은 물은 머금지 않은 수축포가 좋다
물과 공기가 드나드는 투명한 막이 좋다
일정한 크기가 되면
둘로 쪼개지는 가난한 영토가 좋다
둘로 나뉘지만 아무것도 잃어버리지 않아서 좋다

그는 사랑한 것이 아니라
어느 날 찾아온 목소리를 들었을 뿐이다

한 아메바가 다른 아메바를 끌어안았던 태고,

그 저녁의 온기를 기억해낸 것뿐이다.

섬모와 섬모가 닿았던 감촉을 다시 느끼고 싶었을 뿐이다

<The Lover's Birthday>, Gigi Mills

<Judy does a Green Chair>, Nicole Pletts

거리

이쯤이면 될까.
아니야. 아니야. 아직 멀었어.
멀어지려면 한참 멀었어.

이따금 염주 생각을 해봐.

한 줄에 꿰어 있어도
다른 빛으로 빛나는 염주알과 염주알,
그 까마득한 거리를 말야.

알알이 흩어버린다 해도
여전히 너와 나,
모감주나무 열매인 것을.

마른 물고기처럼

어둠 속에서 너는 잠시만 함께 있자 했다

사랑일지도 모른다, 생각했지만

네 몸이 손에 닿는 순간

그것이 두려움 때문이라는 걸 알았다

너는 다 마른 샘 바닥에 누운 물고기처럼*

힘겹게 파닥이고 있었다, 나는

얼어 죽지 않기 위해 몸을 비비는 것처럼

너를 적시기 위해 자꾸만 침을 뱉었다

네 비늘이 어둠 속에서 잠시 빛났다

그러나 내 두려움을 네가 알았을 리 없다

조금씩 밝아오는 것이, 빛이 물처럼

흘러들어 어둠을 적셔버리는 것이 두려웠던 나는

자꾸만 침을 뱉었다, 네 시든 비늘 위에.

아주 오랜 뒤에 나는 낡은 밥상 위에 놓인 마른 황어들을 보았다.

황어를 본 것은 처음이었지만 나는 너를 한눈에 알아보았다.

황어는 겨울밤 남대천 상류 얼음 속에서 잡은 것이라 한다.

그러나 지느러미는 꺾이고 그 빛나던 눈도 비늘도 시들어버렸다.

낡은 밥상 위에서 겨울 햇살을 받고 있는 마른 황어들은 말이 없다.

『莊子』의 「大宗師」에서 빌어옴. "샘의 물이 다 마르면 고기들은 땅 위에 함께 남게 된
다. 그들은 서로 습기를 공급하기 위해 침을 뱉어주고 거품을 내어 서로를 적셔준
다. 하지만 이것은 강이나 호수에 있을 때 서로를 잊어버리는 것만 못하다."

<Supper of Oyster>, Gigi Mills

새떼가 날아간 하늘 끝

철새들이 줄을 맞추어 날아가는 것
길을 잃지 않으려 해서가 아닙니다
이미 한몸이어서입니다
티끌 속에 섞여 한 계절 펄럭이다보면
그렇게 되지 않겠습니까

앞서거니 뒤서거니 하다가
어느새 어깨를 나란히 하여 걷고 있는
저 두 사람
그 말없음의 거리가 그러하지 않겠습니까

새떼가 날아간 하늘 끝
또는 두 사람이 지나간 자리, 그 온기에 젖어
나는 오늘도 두리번거리다 돌아갑니다

몸마다 새겨진 어떤 거리와 속도
새들은 지우지 못할 것입니다

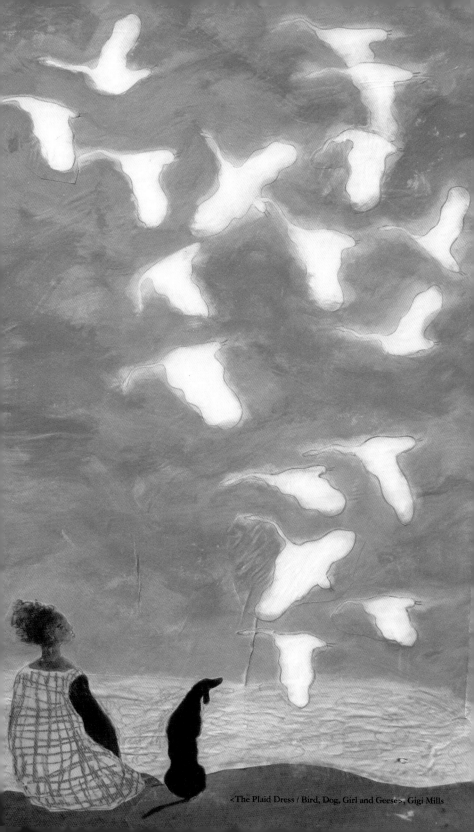

<The Plaid Dress / Bird, Dog, Girl and Geese>, Gigi Mills

빛은 얼마나 멀리서

저 석류나무도
빛을 찾아나선 삶이기는 마찬가지,
주홍빛 뾰족한 꽃이
그대로 아, 벌린 입이 되어
햇빛을 알알이 끌어모으고 있다

불꽃을 얹은 것 같은 고통이
붉은 잇몸 위에 뒤늦게 얹혀지고
그동안 내가 받아들이지 못한 사랑의 잔뼈들이
멀리서 햇살이 되어 박히는 가을

더 이상 사랑을 믿지 않는 나이가 되어도
빛을 찾아나선 삶이기는
마찬가지, 아, 하고 누군가 불러본다

숲에 관한 기억

너는 어떻게 내게 왔던가?
오기는 왔던가?
마른 흙을 일으키는 빗방울처럼?
빗물 고인 웅덩이처럼?
젖은 나비 날개처럼?
숲을 향해 너와 나란히 걸었던가?
꽃그늘에서 입을 맞추었던가?
우리의 열기로 숲은 좀더 붉어졌던가?
그때 너는 들었는지?
수천 마리 벌들이 일제히 날개 터는 소리를?
그 황홀한 소음을 무어라 불러야 할까?
사랑은 소음이라고?
네가 웃으며 그렇게 말했던가?
그 숲이 있기는 있었던가?

그런데 웅웅거리던 벌들은 다 어디로 갔지?
꽃들은, 너는, 어디에 있지?
나는 아직 나에게 돌아오지 못했는데?

<The Seine Near the Andelys>, Félix Vallotton

푸른 밤

너에게로 가지 않으려고 미친 듯 걸었던
그 무수한 길도
실은 네게로 향한 것이었다

까마득한 밤길을 혼자 걸어갈 때에도
내 응시에 날아간 별은
네 머리 위에서 반짝였을 것이고
내 한숨과 입김에 꽃들은
네게로 몸을 기울여 흔들렸을 것이다

사랑에서 치욕으로,
다시 치욕에서 사랑으로,
하루에도 몇 번씩 네게로 드리웠던 두레박

그러나 매양 퍼올린 것은
수만 갈래의 길이었을 따름이다
은하수의 한 별이 또 하나의 별을 찾아가는
그 수만의 길을 나는 걷고 있는 것이다

나의 생애는
모든 지름길을 돌아서
네게로 난 단 하나의 에움길이었다

<Kneeling in a Stary Landscape>, Gigi Mills

큰 빛을 보아버린 두 눈은
그 빛에 멀어서 더듬거려야 하고
너무 맑게만 살아온 삶은
흐린 날 속을 오래오래 걸어야 한다
그래야 맞다. 나부끼다 못해
서로 뒤엉켜 찢겨지고 있는
저 잎새의 날들을 넘어야 한다

삼킬 수 없는 것들

<Smoke on the Water III>, Karen Darling

천장호에서

얼어붙은 호수는 아무것도 비추지 않는다
불빛도 산 그림자도 잃어버렸다
제 단단함의 서슬만이 빛나고 있을 뿐
아무것도 아무것도 품지 않는다
헛되이 던진 돌멩이들,
새떼 대신 메아리만 쩡 쩡 날아오른다

네 이름을 부르는 일이 그러했다

<Flowers & Vase>, Karen Darling

찬비 내리고
편지1

우리가 후끈 피워냈던 꽃송이들이

어젯밤 찬비에 아프다 아프다 아프다 합니다

그러나 당신이 힘드실까봐

저는 아프지도 못합니다

밤새 난간을 타고 흘러내리던

빗방울들이 또한 그러하여

마지막 한 방울이 차마 떨어지지 못하고

공중에 매달려 있습니다

떨어지기 위해 시들기 위해

아슬하게 저를 매달고 있는 것들은

그 무게의 눈물겨움으로 하여

저리도 눈부신가요

몹시 앓을 듯한 이 예감은

시들기 직전의 꽃들이 내지르는

향기 같은 것인가요

그러나 당신이 힘드실까봐

저는 마음껏 향기로울 수도 없습니다

흐린 날에는

너무 맑은 날 속으로만 걸어왔던가
습기를 견디지 못하는 마음이여
썩기도 전에
이 악취는 어디서 오는지,
바람에 나를 널어 말리지 않고는
좀더 가벼워지지 않고는
그 습한 방으로 돌아올 수 없었다
바람은 칼날처럼 깊숙이,
꽂힐 때보다 빠져나갈 때 고통은 느껴졌다
나뭇잎들은 떨어져나가지 않을 만큼만
바람에 몸을 뒤튼다
저렇게 매달려서, 견디어야 하나
구름장 터진 사이로 잠시 드는 햇살
그러나, 아, 나는 눈부셔 바라볼 수 없다
큰 빛을 보아버린 두 눈은
그 빛에 멀어서 더듬거려야 하고
너무 맑게만 살아온 삶은
흐린 날 속을 오래오래 걸어야 한다
그래야 맞다, 나부끼다 못해
서로 뒤엉켜 찢겨지고 있는
저 잎새의 날들을 넘어야 한다

<Laundry in a Dark Landscape>, Gigi Mills

<The Wind>, Félix Vallotton

태풍

바람아, 나를 마셔라.
단숨에 비워내거라.

내 가슴속 모든 흐느낌을 가져다
저 나부끼는 것들에게 주리라,
울 수 있는 것들은 울고
꺾일 수 있는 것들은 꺾이도록.

그럴 수도 없는 내 마음은
가벼워지고 또 가벼워져서
신음도 없이 지푸라기처럼 날아오르리.

바람아, 풀잎 하나에나 기대어 부르는
나의 노래조차 쓸어가버려라.
울컥울컥 내 설움 데려가거라.

그러면 살아가리라,
네 미친 울음 끝
가장 고요한 눈동자 속에 태어나.

상처 입은 혀

너는 혀가 아프구나,
어디선가 아득히 정신을 놓을 때
자기도 모르게 깨문 것이 혀였다니
아, 너의 말이 많이 아프구나

무의식중에라도 하고 싶었던,
그러나 강물처럼 흐르고 또 흘러가버린,
그 말을 이제야 듣게 되는구나
고단한 날이면 내 혀에도 혓바늘처럼 돋던 그 말이
오늘은 화살로 돌아와 박히는구나

얼마나 수많은 어리석음을 지나야
얼마나 뼈저린 비참을 지나야
우리는 서로의 혀에 대해 이해하게 될까

혀의 뿌리와 맞닿은 목젖에서는
작고 검고 둥글고 고요한 목구멍에서는
이제 아무 소리도 나지 않는다
말이 말이 아니다

독백도 대화도 될 수 없는 것
비명이나 신음, 또는 주문이나 기도에 가까운 것

혀와 입술 대신
눈이 젖은 말을 흘려보내는 밤
손이 마른 말을 만지며 부스럭거리는 밤

너에게 할 말이 있어
아니, 더 이상 할 수 있는 말이 없어
이생에서 우리가 주고받을 말은 이미 끝났으니까

그러니 네 혀가 돌아오더라도
끝내 그 아픈 말은 들려주지 말기를

그래도 슬퍼하지 말기를,
끝내 하지 못한 말은 별처럼 박혀 있을 테니까

<Passages>, Karen Darling

<Passages 2>, Karen Darling

삼킬 수 없는 것들

내 친구 미선이는 언어치료사다
얼마 전 그녀가 틈틈이 번역한 책을 보내왔다
『삼킴 장애의 평가와 치료』

희덕아. 삼켜야만 하는 것, 삼켜지지
않는 것, 삼킨 후에도 울컥
올라오는 것…… 여러 가지지만
그래도 삼킬 수 있음에 늘 감사하자. 미선.

입속에서 뒤척이다가
간신히 삼켜져 좀처럼 내려가지 않는 것,
기회만 있으면 울컥 밀고 올라와
고통스러운 기억의 짐승으로 만들어버리는 것,
삼킬 수 없는 말, 삼킬 수 없는 밥, 삼킬 수 없는 침,
삼킬 수 없는 물, 삼킬 수 없는 가시, 삼킬 수 없는 사랑,
삼킬 수 없는 분노, 삼킬 수 없는 어떤 슬픔,
이런 것들로 흥건한 입속을
아무에게도 열어 보일 수 없게 된 우리는
삼킴 장애의 종류가 조금 다를 뿐이다

미선아. 삼킬 수 없는 것들은

삼킬 수 없을 만한 것들이니 삼키지 말자.

그래도 토할 수 있는 힘이 남아 있음에 감사하자. 희덕.

연두에 울다

떨리는 손으로 풀죽은 김밥을
입에 쑤셔넣고 있는 동안에도
기차는 여름 들판을 내 눈에 밀어넣었다.
연둣빛 벼들이 눈동자를 찔렀다.
들판은 왜 저리도 푸른가.
아니다. 푸르다는 말은 적당치 않다.
초록은 동색이라지만
연두는 내게 좀 다른 종족으로 여겨진다.
거기엔 아직 고개 숙이지 않은
출렁거림, 또는 수런거림 같은 게 남아 있다.
저 순연한 벼포기들.
그런데 내 안은 왜 이리 어두운가.
나를 빛바래게 하려고 쏟아지는 저 햇빛도
결국 어두워지면 빛바랠 거라고 중얼거리며
김밥을 네 개째 삼키는 순간
갑자기 울음이 터져나왔다, 그것이 마치
감정이 몸에 돌기 위한 최소조건이라도 되는 듯.
눈에 즙처럼 괴는 연두.
그래. 저 빛에 나도 두고 온 게 있지.
기차는 여름 들판 사이로 오후를 달린다.

<Grassplot>, Jan Kinslowe

라듐처럼

어떤 먼 것
어떤 낯선 것
어떤 무서운 것에 속한 아름다움

그것을 위해서는
더 많은 강물과 격랑이 필요하다

이곳은 수심이 깊어 위험하니 출입을 금합니다

돌을 외투 주머니에 채우고
강물 속으로 걸어 들어간 버지니아 울프처럼

말의 원석에서 떨어져내리는
글자들처럼

식탁 아래 떨어진 빵 부스러기를
끌고 가는 개미처럼

부스러기만으로 배가 부르다고 했던
가난한 가나안 여자처럼

허기 없는 영혼처럼
불꽃 없는 빛처럼

마담 퀴리가 처음으로 추출해낸
0.1g의 라듐처럼

희고 빛나는 것들
그러나 검게 산화되기 쉬운 것들

<Semiconscious>, Karen Darling

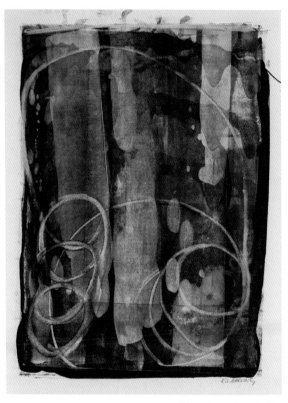

<Subconscious>, Karen Darling

누가 우는가

바람이 우는 건 아닐 것이다
이 폭우 속에서
미친 듯 우는 것이 바람은 아닐 것이다
번개가 창문을 때리는 순간 얼핏 드러났다가
끝내 완성되지 않는 얼굴,
이제 보니 한 뼘쯤 열려진 창틈으로
누군가 필사적으로 들어오려고 하는 것 같다
울음소리는 그 틈에서 요동치고 있다
물줄기가 격랑에서 소리를 내듯
들어올 수도 나갈 수도 없는 좁은 틈에서
누군가 울고 있다
창문을 닫으니 울음소리는 더 커진다
유리창에 들러붙는 빗방울들,
가로등 아래 나무 그림자가 일렁이고 있다
저 견딜 수 없는 울음은 빗방울들의 것,
나뭇잎들의 것,
또는 나뭇잎을 잃지 않으려고
이리저리 부딪치는 나뭇가지들의 것,
뿌리 뽑히지 않으려고, 끝내 초월하지 않으려고
제 몸을 부싯돌처럼 켜대고 있는
나무 한 그루가 창밖에 있다
내 안의 나무 한 그루 검게 일어선다

<Farm Trees - Howick>, Nicole Pletts

<Trees from pine lodge>, Nicole Pletts

고통에게 1

어느 굽이 몇 번은 만난 듯도 하다
네가 마음에 지핀 듯
울부짖으며 구르는 밤도 있지만
밝은 날 유리창에 이마를 대고
가만히 들여다보면
그러나 너는 정작 오지 않았던 것이다

어느 날 너는 무심한 표정으로 와서
쐐기풀을 한 짐 내려놓고 사라진다
사는 건 쐐기풀로 열두 벌의 수의를 짜는 일이라고,
그때까지는 침묵해야 한다고,
마술에 걸린 듯 수의를 위해 삶을 짜깁는다

손끝에 맺힌 핏방울이 말라가는 것을 보면서
네 속의 폭풍을 읽기도 하고,
때로는 봄볕이 아른거리는 뜰에 쪼그려앉아
너를 생각하기도 한다
대체 나는 너를 기다리는 것인가
오늘은 비명 없이도 너와 지낼 수 있을 것 같아
나 너를 기다리고 있다 말해도 좋은 것인가

제 죽음에 피어날 꽃처럼, 봄뜰에서.

<Times Like These>, Karen Darling

5시 44분의 방이
5시 45분의 방에게
누워 있는 나를 넘겨주는 것
슬픈 집 한채를 들여다보듯
몸을 비추던 햇살이
불현듯 그 온기를 거두어가는 것
멀리서 수원은사시나무 한그루가 쓰러지고
나무 껍질이 시들기 시작하는 것
시든 손등이 더는 보이지 않게 되는 것
5시 45분에서 기억은 멈추어 있고
어둠은 더 깊어지지 않고
아무도 쓰러진 나무를 거두어가지 않는 것

4부

두고 온 집

<Blue Hallway>, Eleanor Ray

이 골방은

삶의 막바지에서
바위 뒤에 숨듯 이 골방에 찾아와
몸을 눕혔을 그림자들
그 그림자들에 나를 겹쳐 누이며,
못이 뽑혀져나간 자국처럼
거미가 남겨놓은 거미줄처럼 어려 있는
그들의 흔적을 오래 더듬어보는 방
내 안의 후미진 골방을 들여다보게 하는 이 방
세상의 숨죽인 골방들, 그 끊어진 길이
하늘의 별자리로 만나 빛나고 있다

어두워진다는 것

5시 44분의 방이
5시 45분의 방에게
누워 있는 나를 넘겨주는 것
슬픈 집 한채를 들여다보듯
몸을 비추던 햇살이
불현듯 그 온기를 거두어가는 것
멀리서 수원은사시나무 한 그루가 쓰러지고
나무 껍질이 시들기 시작하는 것
시든 손등이 더는 보이지 않게 되는 것
5시 45분에서 기억은 멈추어 있고
어둠은 더 깊어지지 않고
아무도 쓰러진 나무를 거두어가지 않는 것

그토록 오래 서 있었던 뼈와 살
비로소 아프기 시작하고
가만, 가만, 가만히
금이 간 갈비뼈를 혼자 쓰다듬는 저녁

<King Afternoon>, Eleanor Ray

저 물결 하나

한강 철교를 건너는 동안
잔물결이 새삼스레 눈에 들어왔다
얼마 안 되는 보증금을 빼서 서울을 떠난 후
낯선 눈으로 바라보는 한강,
어제의 내가 그 강물에 뒤척이고 있었다
한 뼘쯤 솟았다 내려앉는 물결들,
서울에 사는 동안 내게 지분이 있었다면
저 물결 하나일 거라는 생각이 들었다
물결, 일으켜
열 번이 넘게 이삿짐을 쌌고
물결, 일으켜
물새 같은 아이 둘을 업어 길렀다
사랑도 물결, 처럼
사소하게 일었다 스러지곤 했다
더는 걸을 수 없는 무릎을 일으켜 세운 것도
저 낮은 물결, 위에서였다
숱한 목숨들이 일렁이며 흘러가는 이 도시에서
뒤척이며, 뒤척이며, 그러나
같은 자리로 내려앉는 법이 없는
저 물결, 위에 쌓았다 허문 날들이 있었다
거대한 점묘화 같은 서울,

물결, 하나가 반짝이며 내게 말을 건넨다
저 물결을 일으켜 또 어디로 갈 것인가

<Suburb>, Szüts Miklós

방을 얻다

담양이나 창평 어디쯤 방을 얻어

다람쥐처럼 드나들고 싶어서

고즈넉한 마을만 보면 들어가 기웃거렸다.

지실마을 어느 집을 지나다

오래된 한옥 한 채와 새로 지은 별채 사이로

수더분한 꽃들이 피어 있는 마당을 보았다.

나도 모르게 열린 대문 안으로 들어섰는데

아저씨는 숫돌에 낫을 갈고 있었고

아주머니는 밭에서 막 돌아온 듯 머릿수건이 촉촉했다.

— 저어, 방을 한 칸 얻었으면 하는데요.

일주일에 두어 번 와 있을 곳이 필요해서요.

내가 조심스럽게 한옥 쪽을 가리키자

아주머니는 빙그레 웃으며 이렇게 대답했다.

— 글씨, 아그들도 다 서울로 나가불고

우리는 별채서 지낸께로 안채가 비기는 해라우.

그라제마는 우리 집안의 내력이 짓든 데라서

맴으로는 지금도 쓰고 있단 말이요.

이 말을 듣는 순간 정갈한 마루와

마루 위에 앉아 계신 저녁 햇살이 눈에 들어왔다.

세놓으라는 말도 못하고 돌아섰지만

그 부부는 알고 있을까.

빈방을 마음으로는 늘 쓰고 있다는 말 속에

내가 이미 세들어 살기 시작했다는 걸.

<Apartment 16>, Eleanor Ray

<House on Prospect Street>, Eleanor Ray

두고 온 집

오래 너에게 가지 못했어.
네가 춥겠다, 생각하니 나도 추워.
문풍지를 뜯지 말 걸 그랬어.
나의 여름은 너의 겨울을 헤아리지 못해
속수무책 너는 바람을 맞고 있겠지.
자아, 받아!
싸늘하게 식었을 아궁이에
땔감을 던져넣을 테니.
지금이라도 불을 지필 테니.
아궁이에서 잠자던 나방이 놀라 날아오르고
눅눅한 땔감에선 연기가 피어올라.
그런데 왜 자꾸 불이 꺼지지?
아궁이 속처럼 네가 어둡겠다, 생각하니
나도 어두워져.
전깃불이라도 켜놓고 올 걸 그랬어.
그래도 이것만은 기억해.
불을 지펴도 녹지 않는 얼음조각처럼
나는 오늘 너를 품고 있어.
봄꿩이 밝은 곳으로 날아갈 때까지.

창문성

저 집은 왠지 화가 나 있는 것 같아

저 집은 감미로운 불빛을 가졌군

저 집은 우울한 내면을 좀처럼 드러내지 않지

저 집은 저녁 다섯 시에 가장 아름다워

그녀는 집의 표정을 잘 읽어낸다
창문성이라고 부를 만한 어떤 것이 있다는 듯
집마다 눈으로 창문을 두드린다

풍경을 삼키기도 하고 내뱉기도 하는
내면을 감추기도 하고 들키기도 하는
저 수많은 창문들은
집의 눈빛일까 입술일까 항문일까

물론 그녀는 알고 있다
창문성이 창문의 문제만은 아니라는 것을

창문과 문의 관계, 창문과 벽의 관계, 창문과 지붕의 관계, 창문과 또 다른 창문의 관계, 창문과 계단의 관계, 창문과 커튼의 관계, 창문과 하늘의 관계, 창문과 빛의 관계, 창문과 어둠의 관계, 창문과 새의 관계, 창문과 나무의 관계, 창문과 사람의 관계, 창문과 마을의 관계, 창문과 마음의 관계, 창문과 시간의 관계, 창문과 창문 자신의 관계, 그것들이 투명한 구멍의 스크린에 비추어내는 형상이라는 것을

그녀의 산책은 자꾸 길어지고
창문들은 매일 다른 표정을 들려주고
창문 너머 그들은 불현듯 타인의 얼굴로 찾아오고

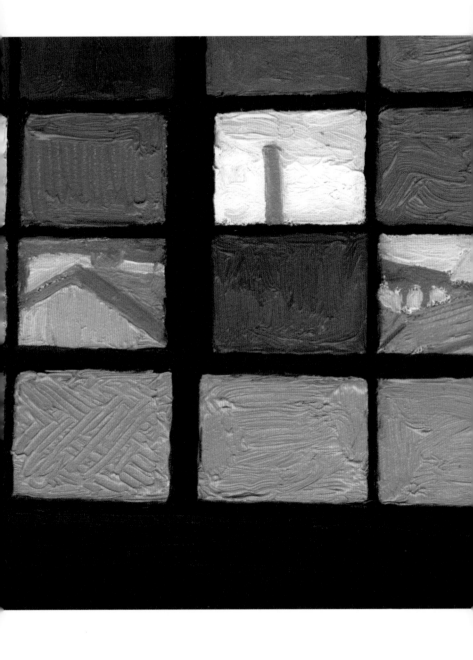

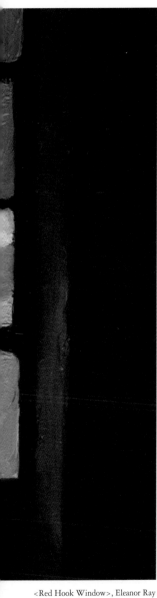

<Red Hook Window>, Eleanor Ray

다시, 다시는

문을 뜯고 네가 살던 집에 들어갔다
문을 열어줄 네가 없기에

네 삶의 비밀번호는 무엇이었을까
더 이상 세상에 세들어 살지 않는 너는 대답이 없고
열쇠공의 손을 빌려 너의 집에 들어갔다

금방이라도 걸어 나갈 것 같은 신발들
식탁 위에 흩어져 있는 접시들
건조대에 널려 있는 빨래들
화분 속 말라버린 화초들
책상 위에 놓인 책과 노트들

다시 더러워질 수도 깨끗해질 수도 없는,
무릎 꿇고 있는 물건들

다시, 너를 앉힐 수 없는 의자
다시, 너를 눕힐 수 없는 침대
다시, 너를 덮을 수 없는 담요
다시, 너를 비출 수 없는 거울

다시, 너를 가둘 수 없는 열쇠
다시, 우체통에 던져질 수 없는, 쓰다 만 편지

다시, 다시는, 이 말만이 무력하게 허공을 맴돌았다

무엇보다도 네가 없는 이 일요일은
다시, 반복되지 않을 것이다
저 말라버린 화초가 다시, 꽃을 피운다 해도

<Charlotte's Studio with Sheets>, Eleanor Ray

<Studio Exit>, Eleanor Ray

그의 사진

그가 쏟아놓고 간 물이
마르기 위해서는 얼마간 시간이 필요하다
사진 속의 눈동자는
변함없이 웃고 있지만 실은
남아 있는 물기를 거두어들이는 중이다
물기를 빨아들이는 그림자처럼
그의 사진은 그보다 집을 잘 지킨다
사진의 배웅을 받으며 나갔다
사진을 보며 거실에 들어서는 날들,
그 고요 속에서
겨울 열매처럼 뒤늦게 익어가는 것도 있으니
평화는 그의 사진과 함께 늙어간다
모든 파열음을 흡수한 사각의 진공 속에서
그는 아직 살고 있는가
마른 잠자리처럼 액자 속에 채집된
어느 여름날의 바닷가, 그러나
파도소리 같은 건 더 이상 들리지 않는다
사진 속의 눈동자는
물기를 머금은 듯 웃고 있지만
액자 위에는 어느새 먼지가 쌓이기 시작한다
볕이 환하게 드는 아침에는 미움도

연민도 아닌 손으로 사진을 닦기도 한다
먼지가 덮으려는 게 무엇인지 알 수 없지만
걸레가 닦으려는 게 무엇인지 알 수 없지만

<Lobby Studio>, Eleanor Ray

<2012 / 9>, Szüts Miklós

벽 속으로

어느 날 흰 벽이 찾아왔다

아무것도 걸치지 않은
저 눈동자

돌연한 흰 벽의 시선에
중심을 잃고 기우뚱거리기 시작한다

물렁물렁한 반죽처럼 던져진
수직의 늪

온몸을 휘감아들일 것 같은 흡반과
손에 잡힐 것 같은 밧줄과
당장이라도 밀고 들어올 것 같은 바퀴들로
술렁거리는 벽

그래, 몸의 힘을 빼고
천천히 걸어 들어가는 거야

벽 속으로

저 열린 눈동자 속으로

그림자는 어디로 갔을까

아침마다 서둘러 출근을 하지만
그림자는 집에 있다
그를 두고 나오는 날이 계속되고
거리에서 나는 활짝 웃는다

그림자 없이도
웃는 법을 익힌 뒤로는
내 등 뒤에 그림자가 없다는 걸
아무도 눈치채지 못한다

구내식당에서 점심을 먹을 때
집에서 혼자 밥 말아 먹고 있을 그림자

그림자 없이도
밥 먹는 법을 익힌 뒤로는
내가 홑젓가락을 들고 있다는 걸
마주앉은 사람도 알지 못한다

어느 저녁 집에 돌아와보니
그림자가 없다

안방에도 서재에도 베란다에도 화장실에도 없다

겨울날에 외투도 입지 않고
어디로 갔을까
신발도 없이 어디로 갔을까

어둠 속에 우두커니 앉아
그림자를 기다린다
그가 나를 오래 기다렸던 것처럼

<Rachel / Chaise>, Gigi Mills

울지 마라, 아가야,
내가 저 강을 건네주마, 너를 낳아주마

한 아기가 나를 불렀다

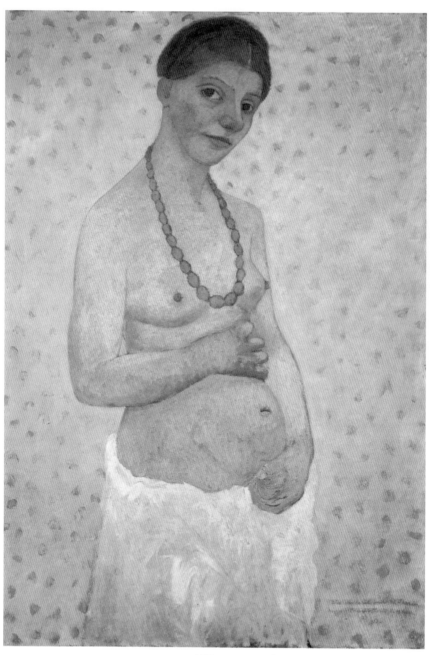

<Self-Portrait, Age 30, 6th Wedding Day>, Paula Modersohn Becker

누에

세 자매가 손을 잡고 걸어온다

이제 보니 자매가 아니다
꼽추인 어미를 가운데 두고
두 딸은 키가 훌쩍 크다
어미는 얼마나 작은지 누에 같다
제 몸의 이천 배나 되는 실을
뽑아낸다는 누에,
저 등에 짊어진 혹에서
비단실 두 가닥 풀려나온 걸까
비단실 두 가닥이
이제 빈 누에고치를 감싸고 있다

그 비단실에
내 몸도 휘감겨 따라가면서
나는 만삭의 배를 가만히 쓸어안는다

어린것

어디서 나왔을까 깊은 산길
갓 태어난 듯한 다람쥐새끼
물끄러미 나를 바라보고 있다
그 맑은 눈빛 앞에서
나는 아무것도 고집할 수가 없다
세상의 모든 어린것들은
내 앞에 눈부신 꼬리를 쳐들고
나를 어미라 부른다
괜히 가슴이 저릿저릿한 게
핑그르르 굳었던 젖이 돈다
젖이 차올라 겨드랑이까지 찡해오면
지금쯤 내 어린것은
얼마나 젖이 그리울까
울면서 젖을 짜버리던 생각이 문득 난다
도망갈 생각조차 하지 않는
난만한 그 눈동자,
너를 떠나서는 아무데도 갈 수 없다고
갈 수도 없다고
나는 오르던 산길을 내려오고 만다
하, 물웅덩이에는 무사한 송사리떼

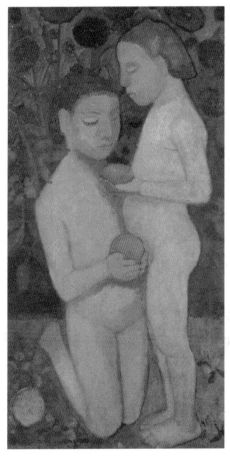

<Kneeling and Standing Girls Nude, Poppies in the
Background II>, Paula Modersohn Becker

한 아기가 나를 불렀다

돌로 된 아기들을 지나왔다
아무리 천천히 걸어도 발에 가시가 박혔다
아기들이 돌 속에서 웃었다
세상의 고통을 만져본 적 없는 웃음이다
아기들이 돌 속에서 울었다
세상의 고통에 젖어본 적 없는 울음이다
햇빛도 못 보고 죽은 핏덩이들에게
형상을 주고 이름을 붙여준 이는 누구일까
돌아기들은 빨간 모자를 쓰고
이름이 적힌 수건을 목에 걸었다
아기들의 이름을 하나하나 불러주고 싶었지만
햇빛과 빗물에 바래 잘 보이지 않았다
머나먼 옛날 강가에서
돌아기들은 고사리손으로 탑을 쌓았다
강을 건너려고 수없이 쌓았다가 무너진 돌탑,
엎드려 울고 있는 돌아기들에게
돌로 된 어머니가 나타났다
울지 마라, 아가야,
내가 저 강을 건네주마, 너를 낳아주마,
오른손으로 지팡이를 짚고

왼손에는 아기를 안은 돌어머니,
그녀의 두 발과 옷자락이 젖어 있었다
돌로 된 아기들을 지나왔다
아무리 천천히 걸어도 발에 가시가 박혔다
한 아기가 나를 불렀다
돌 속에서 아장아장 걸어나왔다

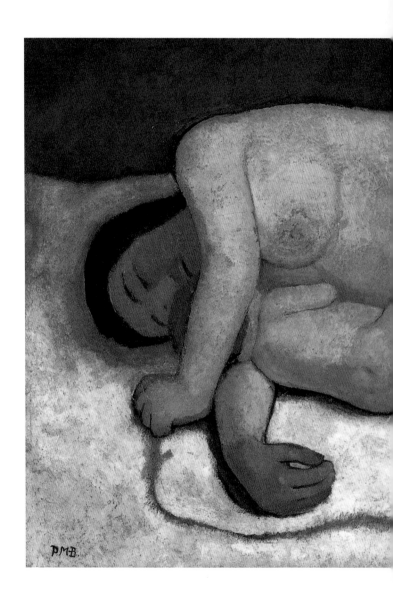

<Reclining Mother and Child Nude II>, Paula Modersohn Becker

허공 한 줌

　이런 얘기를 들었어. 엄마가 깜박 잠이 든 사이 아기는 어떻게 올라갔는지 난간 위에서 놀고 있었대. 난간 밖은 허공이었지. 잠에서 깨어난 엄마는 난간의 아기를 보고 얼마나 놀랐는지 이름을 부르려 해도 입이 떨어지지 않았어. 아가, 조금만, 조금만 기다려, 엄마는 숨을 죽이며 아기에게로 한 걸음 한 걸음 다가갔어. 그러고는 온몸의 힘을 모아 아기를 끌어안았어. 그런데 아기를 향해 내뻗은 두 손에 잡힌 것은 허공 한 줌뿐이었지. 순간 엄마는 숨이 그만 멎어버렸어. 다행히도 아기는 난간 이쪽으로 굴러 떨어졌지. 아기가 울자 죽은 엄마는 꿈에서 깬 듯 아기를 안고 병원으로 달렸어. 아기를 살려야 한다는 생각 말고는 아무 생각도 할 수 없었지. 얼마 지나지 않아 아기는 울음을 그치고 잠이 들었어. 죽은 엄마는 아기를 안고 집으로 돌아와 아랫목에 뉘었어. 아기를 토닥거리면서 곁에 누운 엄마는 그후로 다시는 깨어나지 못했지. 죽은 엄마는 그제서야 마음놓고 죽을 수 있었던 거야.

　이건 그냥 만들어낸 얘기가 아닐지 몰라. 버스를 타고 돌아오면서 나는 비어 있는 손바닥을 가만히 내려다보았어. 텅 비어 있을 때에도 그것은 꽉 차 있곤 했지. 수없이 손을 쥐었다 폈다 하면서 그날 밤 참으로 많은 걸 놓아주었어. 허공 한 줌까지도 허공에 돌려주려는 듯 말야.

<Mother and Child>, Paula Modersohn Becker

탄센의 노래*

1.
이것은 불의 노래,
노래할 때마다 등불이 하나씩 켜져요
불은 번져가고
몸이 점점 뜨거워져요
강 속으로 걸어 들어가며 노래를 불러요
강물도 끓어오르기 시작해요
뜨거워요 뜨거워요 너무 뜨거워요
사랑이여, 도와줘요
비의 노래를 불러줘요 비를 불러줘요

2.
이것은 비의 노래,
노래할 때마다 불꽃이 하나씩 꺼져요
비가 내리고
몸이 점점 식어가요
강물도 가라앉기 시작해요
기다려요 기다려요 조금만 더 기다려요
이 소나기가 당신을 적실 때까지
사랑이여, 사라지지 말아요 노래를 불러줘요

3.

그러나 노래의 휘장은 찢겨지고

비에 젖은 잿더미만 창백하게 남아 있는 밤

불과 비도

어떤 노래도 더 이상 들리지 않는 밤

* 고대 인도의 가수 탄센과 그의 딸에 관한 설화

소풍

얘들아, 소풍가자.

해 지는 들판으로 나가

넓은 바위에 상을 차리자꾸나.

붉은 노을에 밥 말아 먹고

빈 밥그릇에 별도 달도 놀러오게 하자.

살면서 잊지 못할 몇 개의 밥상을 받았던 내가

이제는 그런 밥상을

너희에게 차려줄 때가 되었나보다.

가자, 얘들아, 저 들판으로 가자.

오갈 데 없이 서러운 마음은

정육점에 들러 고기 한 근을 사고

그걸 싸서 입에 넣어줄 채소도 뜯어왔단다.

한 잎 한 잎 뜯을 때마다

비명처럼 흰 진액이 배어나왔지.

그리고 이 포도주가 왜 이리 붉은지 아니?

그건 대지가 흘린 땀으로 바닷물이 짠 것처럼

엄마가 흘린 피를 한 방울씩 모은 거란다.

그러니 얘들아, 꼭꼭 씹어 삼켜라.

그게 엄마의 안창살이라는 걸 몰라도 좋으니,

오늘은 하루살이떼처럼 잉잉거리며 먹자.

언젠가 오랜 되새김질 끝에

네가 먹고 자란 게 무엇인지 알게 된다면

너도 네 몸으로 밥상을 차릴 때가 되었다는 뜻이란다.

그때까지, 그때까지는

저 노을빛을 이해하지 않아도 괜찮다.

다만 이 바위에 둘러앉아 먹는 밥을

잊지 말아라, 그 기억만이 네 허기를 달래줄 것이기에.

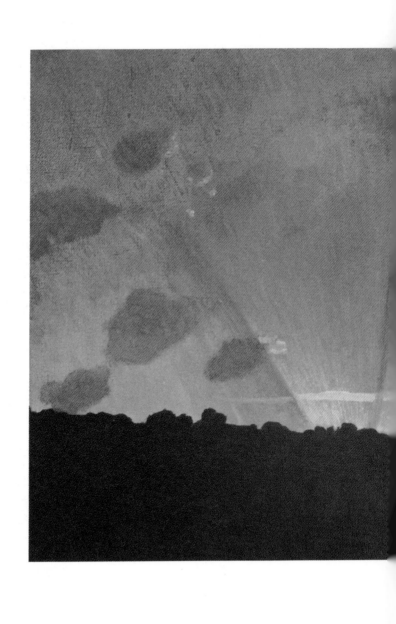

<Sunset, Orange Sky>, Félix Vallotton

불 켜진 창

불빛을 훔치려는 사람처럼
문이 아닌 창 쪽으로 가서 집안을 들여다본다

남편과 큰아이는 장기를 두고 있고
접시에 남은 과일은 아직 물기 마르지 않았고
주전자에서는 김이 오르고 있다
작은아이는 자는가

나는 한 마리 나방인 듯이
창문에 부대껴 서서 생각한다
그 익숙한 살림살이들의 낯섦에 대하여
부르면 들릴 만큼 가까운 거리의 아득함에 대하여
내가 없는 세상의 온기 또는 평화에 대하여

큰아이가 자꾸 시계를 올려다본다
그러나 한 마리 나방인 듯이
오늘은 창밖 어둠 속에 나는 숨어서
오래오래 들여다본다

불 켜진 버스처럼 금방이라도 떠날 것 같은
그 창문을

146

<Light on the Wall in the Blue Room>, Anna Ancher

오 분간

이 꽃그늘 아래서
내 일생이 다 지나갈 것 같다.
기다리면서 서성거리면서
아니, 이미 다 지나갔을지도 모른다.
아이를 기다리는 오 분간
아카시아꽃 하얗게 흩날리는
이 그늘 아래서
어느새 나는 머리 희끗한 노파가 되고,
버스가 저 모퉁이를 돌아서
내 앞에 멈추면
여섯살배기가 뛰어내려 안기는 게 아니라
훤칠한 청년 하나 내게로 걸어올 것만 같다.
내가 늙은 만큼 그는 자라서
서로의 삶을 맞바꾼 듯 마주보겠지.
기다림 하나로도 깜박 지나가 버릴 生,
내가 늘 기다렸던 이 자리에
그가 오래도록 돌아오지 않을 때쯤
너무 멀리 나가버린 그의 썰물을 향해
떨어지는 꽃잎,

또는 지나치는 버스를 향해
무어라 중얼거리면서 내 기다림을 완성하겠지.
중얼거리는 동안 꽃잎은 한 무더기 또 진다.
아, 저기 버스가 온다.
나는 훌쩍 날아올라 꽃그늘을 벗어난다.

<Lee Hoetger in a Garden>, Paula Modersohn Becker

물소리를 듣다

우리가 싸운 것도 모르고
큰애가 자다 일어나 눈 비비며 화장실 간다
뒤척이던 그가
돌아누운 등을 향해 말한다

당신…… 자? ……
저 소리 좀 들어봐…… 녀석 오줌 누는 소리 좀
들어봐…… 기운차고…… 오래 누고……
저렇도록 당신이 키웠잖어…… 당신이……

등과 등 사이를 흘러가는 물소리를
이렇게 듣기도 한다

담이 결린 것처럼
왼쪽 어깨가 오른쪽 어깨를 낯설어할 때
어둠이 좀처럼 지나가주지 않을 때
새벽녘 아이 오줌 누는 소리에라도 기대어
보이지 않는 강을 건너야 할 때

<The Man who Slept Alone>, Gigi Mills

저녁을 위하여

"엄마, 천천히 가요."
아이는 잠이 덜 깬 얼굴로 칭얼거린다.
그 팔을 끌어당기면서
아침부터 나는 아이에게 저녁을 가르친다.
기다림을, 참으라는 것을 가르친다.
"자, 착하지? 조금만 가면 돼.
이따 저녁에 만나려면 가서 잘 놀아야지."
마음이 급한 내 팔에 끌려올 때마다
아이의 팔이 조금씩 늘어난다.
아이를 키우기 위해
아이를 남에게 맡겨야 하고
누군가를 사랑하기 위해
다른 것들에 더욱 매달리지 않으면
안 된다는 것을, 그게 삶이라는 것을
모질게도 가르치려는 것일까.
해종일 잘 견디어야 저녁이 온다고,
사랑하는 것들은 어두워져서야
이부자리에 팔과 다리를 섞을 수 있다고
모든 아침은 우리에게 말한다.
오늘은 저도 발꿈치가 아픈지
막무가내로 울면서 절름거린다.

"자, 착하지?"
아이의 눈가를 훔쳐주다가
나는 문득 이 눈부신 햇살을 버리고 싶다.

<Happy Birthday Pascale I>, Nicole Pletts

<Happy Birthday Pascale II>, Nicole Pletts

무언가, 아직 오지 않은 것,
덤불 속에서 낯선 열매가 익어가는 저녁이다

6부

다시, 십 년 후의 나에게

새는 날아가고

새가 심장을 물고 날아갔어
창밖은 고요해
나는 식탁에 앉아 있어
접시를 앞에 두고
거기 놓인 사과를 베어물었지
사과는 조금 전까지 붉게 두근거렸어
사과는 접시의 심장이었을까
사과씨는 사과의 심장이었을까
둘레를 가진 것들은
하루에도 몇 번씩 담겼다 비워지지
심장을 잃어버린 것들의 박동을
너는 들어본 적 있니?
둘레로 퍼지는 침묵의 빛,
사과를 잃어버리고도
접시가 아직 깨지지 않은 것처럼
나는 식탁에 앉아 있어
식탁과 접시는 말없이 둥글고
창밖은 고요해
괄호처럼 입을 벌리는 빈 접시,

새는 날아가고
나는 다른 심장들을 삼키고
둘레를 가진 것들은
하루에도 몇 번씩 그렇게 만났다 헤어지지

<Yellow Cliffs of Abiquiu>, Gigi Mills

잉여의 시간

이곳에서 나는 남아돈다
너의 시간 속에 더 이상 내가 살지 않기에

오후 네 시의 빛이
무너진 집터에 한 살림 차리고 있듯
빛이 남아돌고 날아다니는 민들레 씨앗이 남아돌고
여기저기 돋아나는 풀이 남아돈다

벽 대신 벽이 있던 자리에
천장 대신 천장이 있던 자리에
바닥 대신 바닥이 있던 자리에
지붕 대신 지붕이 있던 자리에
알 수 없는 감정의 살림살이가 늘어간다

잉여의 시간 속으로
예고 없이 흘러드는 기억의 강물 또한 남아돈다

기억으로도 한 채의 집을 이룰 수 있음을
가뭇없이 물 위에 떠다니는 물새 둥지가 말해준다

너무도 많은 내가 강물 위로 떠오르고
두고 온 집이 떠오르고
너의 시간 속에 있던 내가 떠오르는데

이 남아도는 나를 어찌해야 할까
더 이상 너의 시간 속에 살지 않게 된 나를

마흔일곱, 오후 네 시,
주문하지 않았으나 오늘 내게로 배달된 이 시간을

<The Seamstress>(detail), Helene Schjerfbeck

다시, 십 년 후의 나에게

십 년 후의 나에게, 라고 시작하는
편지는 그보다 조금 일찍 내게 닿았다

책갈피 같은 나날 속에서 떠올라
오늘이라는 해변에 다다른 유리병 편지
오래도록 잊고 있었지만
줄곧 이곳을 향해 온 편지

다행히도 유리병은 깨어지지 않았고
그 속엔 스물다섯의 내가 밀봉되어 있었다
스물다섯 살의 여자가
서른다섯 살의 여자에게 건네는 말
그때의 나는 첫아이를 가진 두려움을 이렇게 쓰고 있다
나는 한 마리 짐승이 된 것 같아요, 라고
또 하나의 목숨을 제 몸에 기를 때만이
비로소 짐승이 될 수 있는 여자들의 행복과 불행,
그러나 아이가 태어나 자란 만큼 내 속의 여자들도 자라나

나는 오늘 또 한 통의 긴 편지를 쓴다
다시, 십 년 후의 나에게
내 몸에 깃들여 사는 소녀와 처녀와 아줌마와 노파에게
누구에게도 길들여지지 않는 그 늑대여인들에게
두려움이라는 말 대신 사랑이라는 이름으로

책갈피 같은 나날 속으로,
다시 심연 속으로 던져지는 유리병 편지
누구에게 가닿을지 알 수 없지만
줄곧 어딘가를 향해 있는 이 길고 긴 편지

<The School Girl II>, Helene Schjerfbeck

<Girl from the Tapestry>, Helene Schjerfbeck

노루

마음이 궁벽한 곳으로 나를 내몰아
산속에서 자주 길을 잃었다
달리다보면 손은 수시로 뿔로 변하고
발에는 단단한 발굽이 돋았다
발굽 아래 무엇이 깨져나가는지도 모른 채
밤길을 달리다 문득 멈추어선 것은
그 눈동자 앞이었다
겁에 질린 초식동물의 눈빛,
길을 잃어버리기는 나와 다르지 않았다
헤드라이트에 놀라 주춤거리다가
도로 위에 쓰러진 노루는 쉽게 일어서지 못했다
저 어리디어린 노루는
산속에 두고 온 스무 살의 나인지도,
말없이 사라진 사람인지도,
언젠가 낳아 함부로 버린 사랑인지도 모른다
나는 헤드라이트를 끄고 어둠의 일부가 되어 외쳤다
두려워하지 말아라,
두 개의 뿔과 네 개의 발굽으로
불행의 속도를 추월할 수는 없다 해도
어서 일어나 남은 길을 건너라
저 울창한 달래와 머루 덩굴 속으로 사라져라
누구도 너를 찾아낼 수 없도록

<Self-Portrait>(detail), Helene Schjerfbeck

<Self-Portrait with Black Background>, Helene Schjerfbeck

<Self-Portrait>, Helene Schjerfbeck

심장을 켜는 사람

심장의 노래를 들어보실래요?
이 가방에는 두근거리는 심장들이 들어 있어요

건기의 심장과 우기의 심장
아침의 심장과 저녁의 심장

두근거리는 것들은 다 노래가 되지요

오늘도 강가에 앉아
심장을 퍼즐처럼 맞추고 있답니다
동맥과 동맥을 연결하면
피가 돌 듯 노래가 흘러나오기 시작하지요

나는 심장을 켜는 사람

심장을 다해 부른다는 게 어떤 것인지 알 수 없지만
통증은 어디서 오는지 알 수 없지만

심장이 펄떡일 때마다 달아나는 음들,
웅크린 조약돌들의 깨어남,

몸을 휘돌아나가는 피와 강물,
걸음을 멈추는 구두들,
짤랑거리며 떨어지는 동전들,
사람들 사이로 천천히 지나가는 자전거바퀴,
멀리서 들려오는 북소리와 기적소리,

다리 위에서 노래를 부르는 동안
얼굴은 점점 희미해지고

허공에는 어스름이 검은 소금처럼 녹아내리고

이제 심장들을 담아 돌아가야겠어요
오늘의 심장이 다 마르기 전에

기슭에 다다른 당신은

당신은 그러지 말았어야 했다
막다른 기슭에서라도 그러지 말았어야 했다

무언가 끝나가고 있다고 느낄 때
산이나 개울이나 강이나 밭이나 수풀이나 섬에
다른 물과 흙이 섞여 들기 시작할 때

당신은
기슭에 다다른 당신은
발을 멈추고 구름에게라도 물었어야 했다
산을 내려오고 있는 산에게
길을 잃고 머뭇거리는 길에게 물었어야 했다

파도에 몸이 무작정 젖어드는 그곳을
우리는 기슭이라고 부르지

산이나 짐승과 마주치곤 하는 산기슭
포클레인이 모래를 퍼올리고 있는 강기슭
풀벌레 날아다니는 수풀기슭

기슭이라는 말에는 물기나 소리 같은 게 맺혀 있어

사람과 사람이 만나서 생겨난 비탈 끝에는
어떤 기슭이 기다리고 있는지

빛이 더 이상 빛을 비추지 못하게 되었을 때
마지막 돌부리에 걸려 넘어졌을 때

그래도 당신은 그러지 말았어야 했다
모든 무서움의 시작 앞에 눈을 감지는 말았어야 했다

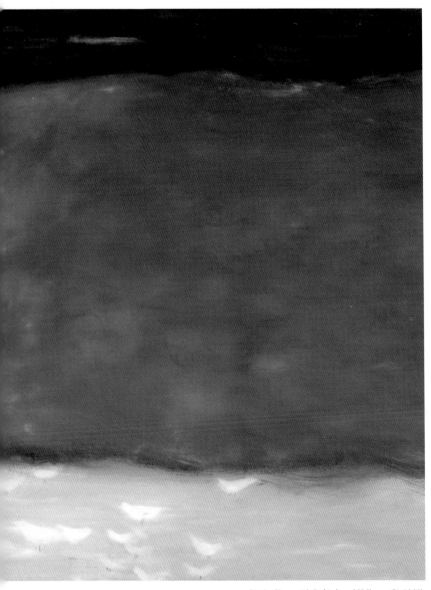

<On the Shore with Seabirds and Yellow>, Gigi Mills

내 것이 아닌 그 땅 위에

주춧돌을 어디에 놓을까
여기쯤에 집을 앉히는 게 좋겠군
지붕은 무엇으로 얹을까
벽은 아이보리색이 무난하겠지
저 회화나무가 잘 보이게
남쪽으로 커다란 창을 내야겠어
동백숲으로 이어진 뒤뜰에는 쪽문을 내야지
그 옆엔 자그마한 연못을 팔 거야
곡괭이를 어디 두었더라
돌담에는 마삭줄과 능소화를 올려야지
앞마당에는 무슨 꽃을 심을까
대문에서 현관까지 자갈을 깔면 어떨까
저 은행나무 그늘에는
나무의자를 하나 놓아야지
식탁은 둥글고 큼지막한 게 좋겠어

오늘도 집을 짓는다
내 것이 아닌 그 땅 위에, 허공에

생각은 돌담을 넘어
집터 주위를 다람쥐처럼 드나든다
집을 이렇게 앉혀보고 저렇게 앉혀보고
벽돌을 수없이 쌓았다 허물며
마음으로는 백 번도 넘게 그 집에 살아보았다

그러나 내 것이 아닌 그 땅에는
이미 다른 풀과 나무들이 자라고 있지 않은가

<Lawn Chair>, Eleanor Ray

무언가 부족한 저녁

여기에 앉아보고 저기에 앉아본다
컵에 물을 따르기도 하고 술을 따르기도 한다

누구와 있든 어디에 있든
무언가 부족하게 느껴지는 저녁이다
무언가 부족하다는 것이 마음에 드는 저녁이다

저녁에 대한 이 욕구를 어떻게 설명할 수 있을까

교차로에서, 시장에서, 골목길에서, 도서관에서, 동물원에서
오래오래 서 있고 싶은 저녁이다

빛이 들어왔으면,
좀더 빛이 들어왔으면, 그러나
남아 있는 음지만이 선명해지는 저녁이다

간절한 허기를 지닌다 한들
너무 밝은 자유는 허락받지 못한 영혼들이
파닥거리며 모여드는 저녁이다

시멘트 바닥에 흩어져 있는 검은 나방들,

나방들이 날아오를 때마다
눅눅한 날개 아래 붉은 겨드랑이가 보이는 저녁이다

무언가, 아직 오지 않은 것,
덤불 속에서 낯선 열매가 익어가는 저녁이다

어둠이 아직

얼마나 다행인가

눈에 보이는 별들이 우주의
아주 작은 일부에 불과하다는 것은

눈에 보이지 않는 암흑물질이
별들을 온통 둘러싸고 있다는 것은

우리가 그 어둠을 아직 뜯어보지 못했다는 것은

별은 어둠의 문을 여는 손잡이
별은 어둠의 망토에 달린 단추
별은 어둠의 거미줄에 맺힌 밤이슬
별은 어둠의 상자에 새겨진 문양
별은 어둠의 웅덩이에 떠 있는 이파리
별은 어둠의 노래를 들려주는 입술

별들이 반짝이는 동안
눈꺼풀이 깜박이는 동안
어둠의 지느러미는 우리 곁을 스쳐가지만
우리는 어둠을 보지도 듣지도 만지지도 못하지

뜨거운 어둠은 빠르게
차가운 어둠은 느리게 흘러간다지만
우리는 어둠의 온도와 속도도 느낄 수 없지

얼마나 다행인가
어둠이 아직 어둠으로 남아 있다는 것은

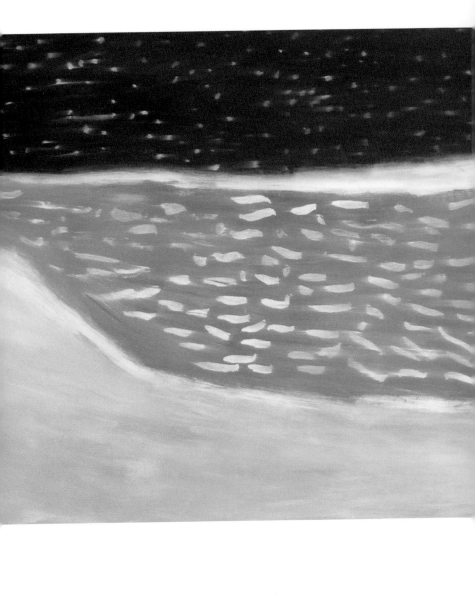

<Expanse of River and Sky>, Gigi Mills

길을 그리기 위해서는

길을 그리기 위해 나무를 그린 것인지
나무를 그리기 위해 길을 그린 것인지 알 수 없지만

또는 길에 드리운 나무 그림자를 그리기 위해
길을 그린 것인지 알 수 없지만

길과 나무는 서로에게 벽과 바닥이 되어왔네

길에 던져진 초록 그림자,
길은 잎사귀처럼 촘촘한 무늬를 갖게 되고
나무는 제 짐을 내려놓은 듯 무심하게 서 있네

그 평화를 누가 베어낼 수 있을까

그러나 시간의 도끼는
때로 나무를 길 위에 쓰러뜨리나니
파르르 떨리는 잎사귀와 그림자의 비명을
여기 다 적을 수는 없겠네

그가 그린 어떤 길은 벌목의 상처를 지니고 있어
내 발길을 오래 머물게 하네
굽이치며 사라지는 길을 끝까지 따라가게 하네

길을 그리기 위해서는
마음의 지평을 먼저 생각해야 한다는 것
누군가 까마득히 멀어지는 풍경,
그 쓸쓸한 소실점을 끝까지 바라보아야 한다는 것

나는 한 걸음씩 걸어서 거기 도착하려 하네

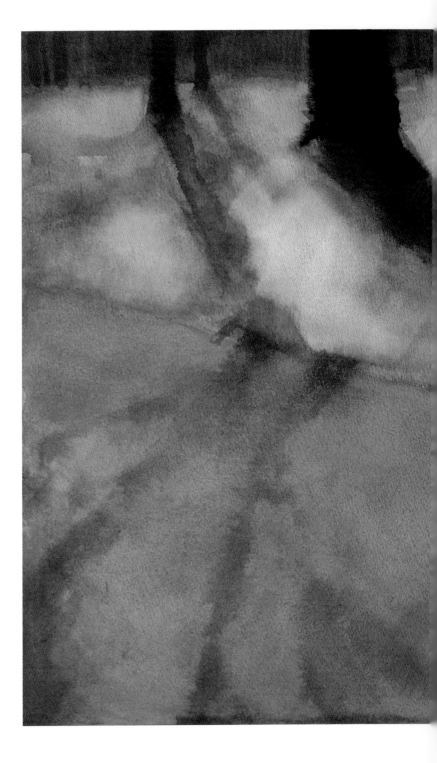

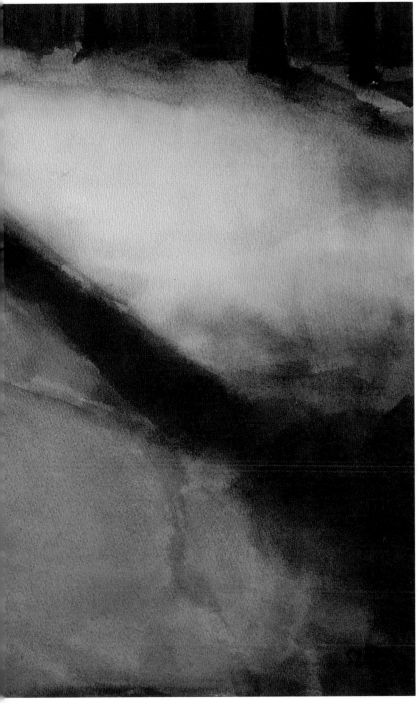

<Forest>, Szüts Miklós

<She had an old black phone>, Gigi Mills, 6×14inch, oil on book board (USA)

<Alex>, Nicole Pletts, 30×40cm, oil on board, 2012 (Republic of South Africa)

<Nude on Blue>, Gigi Mills, 16×7inch, oil on book board/mounted on panel (USA)

<Juliana's Pony / Circus>, Gigi Mills, 16×8inch, oil on book board (USA)

<Michael attends the bird show>, Gigi Mills, 14×16inch, oil and graphite on paper (USA)

<Leda waits on the shore>, Gigi Mills, 14×7inch, oil on book board/mounted on panel (USA)

<Friends>, Helene Schjerfbeck, 48×62 cm, oil on canvas, 1942~1945, Ateneum Art Museum (Finland)

<Black Dress>, Karen Darling, 22×30 inch, acrylic and mixed media on paper (Canada)

<Checkered Robe>, Karen Darling 22×30 inch, acrylic and mixed media on paper (Canada)

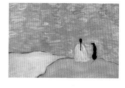

<Versignage Singles II>, Nicole Pletts, 61×97cm (Republic of South Africa)

<Versignage Singles III>, Nicole Pletts, 62×91cm (Republic of South Africa)

<Emma's Turn / Seaside Cliff>, Gigi Mills, 36×24inch, oil on panel (USA)

<Kuvakudos>, Helene Schjerfbeck, 1914-1916 (Finland)

<Paris Hotel Room with Red Poppies>, Gigi Mills, 7×14inch, oil on book board (USA)

<The Lover's Birthday>, Gigi Mills, 20×16inch, oil on panel (USA)

<Judy does a Green Chair>, Nicole Pletts, 152×91cm, oil on primed polyester (Republic of South Africa)

<Supper of Oyster>, Gigi Mills, 16×20inch, oil on panel (USA)

<The Plaid Dress / Bird, Dog, Girl and Geese>, Gigi Mills, 30×42inch, oil, paper, crayon and graphite on paper (USA)

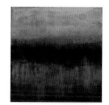

<The Seine Near the Andelys>, Félix Vallotton, 73×54cm, oil on canvas, 1910 (Switzerland / France)

<Kneeling in a Stary Landscape>, Gigi Mills, 16×20inch, oil on panel (USA)

<Smoke on the Water III>, Karen Darling, 24×24inch, mixed media on board (Canada)

<Flowers & Vase>, Karen Darling, 22×30 inch, oil/wax on paper, 2014 (Canada)

<Laundry in a Dark Landscape>, Gigi Mills, 24×20inch, oil on panel (USA)

<The Wind>, Félix Vallotton, 116.2×89.2 cm, oil on canvas, 1910 (Switzerland / France)

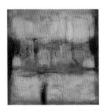

<Passages>, Karen Darling, 21×31inch, oil and color wax on paper (Canada)

<Passages 2>, Karen Darling, 21×31inch, oil and color wax on paper (Canada)

<Grassplot>, Jan Kinslowe, 12×12inch, oil & wax on panel

<Semiconscious>, Karen Darling, 18×24inch, ink, oil, wax on paper, 2014 (Canada)

<Subconscious>, Karen Darling, 18×24inch, ink, oil, wax on paper, 2014 (Canada)

<Farm Trees - Howick>, Nicole Pletts, 90×80cm, oil on canvas (Republic of South Africa)

<Trees from Pine Lodge>, Nicole Pletts, 152×91cm, oil on primed polyester, 2012 (Republic of South Africa)

<Times Like These>, Karen Darling, 24×24inch, acrylic on canvas, 2013 (Canada)

<Blue Hallway>, Eleanor Ray, 4×5inch, oil on panel, Courtesy of Louis-Dreyfus Family Collection and Steven Harvey Fine Art Projects, 2012 (USA)

<King Afternoon>, Eleanor Ray, 7×5inch, oil on panel, Courtesy of the artist, 2011 (USA)

<Suburb>, Szüts Miklós, 81×116cm, oil on linen, 2007 (Hungary)

<Apartment 16>, Eleanor Ray, 5×3 7/8inch, oil on panel, Courtesy of the Artist, 2012 (USA)

<Red Hook Window>, Eleanor Ray, 5×4inch, oil on panel, Courtesy of Louis-Dreyfus Family Collection and Steven Harvey Fine Art Projects, 2012 (USA)

<Charlotte's Studio with Sheets>, Eleanor Ray, 5×4inch, oil on panel, Courtesy Louis-Dreyfus Family Collection and Steven Harvey Fine Art Projects, 2013 (USA)

<Studio Exit>, Eleanor Ray, 10×8inch, oil on panel, Courtesy of Louis-Dreyfus Family Collection and Steven Harvey Fine Art Projects, 2012 (USA)

<Lobby Studio>, 6×4 1/4inch, oil on planel, 2013 (USA)

<2012 / 9>, Szüts Miklós, 50×70cm, watercolor on paper, 2012 (Hungary)

<House on Prospect Street>, Eleanor Ray, 3 7/8×4inch, oil on panel, Courtesy of Louis-Dreyfus Family Collection and Steven Harvey Fine Art Projects, 2012 (USA)

<Rachel / Chaise>, Gigi Mills, 24×18 inch, oil on panel (USA)

<Self-Portrait, Age 30, 6th Wedding Day>, Paula Modersohn Becker, 70.2×101.8cm, oil distemper on board, 1908 (Germany)

<Kneeling and Standing Girls Nude, Poppies in the Background II>, Paula Modersohn Becker, 56×106cm, oil on canvas, 1906 (Germany)

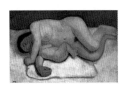

<Reclining Mother and Child Nude II>, Paula Modersohn Becker, 49×32inch, canvas, 1906 (Germany)

<Mother and Child>, Paula Modersohn Becker, 23×20inch, oil on canvas, 1904 (Germany)

<The Man who Slept Alone>, Gigi Mills, 16×20inch, oil on panel (USA)

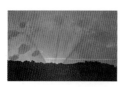

<Sunset, Orange Sky>, Félix Vallotton, 73×54cm, oil on canvas, 1910 (Switzerland / France)

<Light on the Wall in the Blue Room>, Anna Ancher, 1890 (Denmark)

<Lee Hoetger in a Garden>, Paula Modersohn Becker, 29×36inch, canvas, 1906 (Germany)

<Happy Birthday Pascale I>, Nicole Pletts, 40×40cm, oil on primed polyester (Republic of South Africa)

<Happy Birthday Pascale II>, Nicole Pletts, 40×40cm, oil on primed polyester (Republic of South Africa)

<Yellow Cliffs of Abiquiu>, Gigi Mills, 58×38inch, oil, paper, crayon and graphite on paper (USA)

<The Seamstress>, Helene Schjerfbeck, 95.5×84.5cm, oil on canvas, 1905, Ateneum Art Museum (Finland)

<The School Girl II>, Helene Schjerfbeck, 40.5×71cm, oil on canvas, 1908, Ateneum Art Museum (Finland)

<Girl from the Tapestry>, Helene Schjerfbeck, 45×68cm, oil on canvas, 1915, Ateneum Art Museum (Finland)

<Self-Portrait>, Helene Schjerfbeck, 42×43.5cm, oil on canvas, 1912, Ateneum Art Museum (Finland)

<Self-Portrait with Black Background>, Helene Schjerfbeck, 36×45.5cm, oil on canvas, 1915, Ateneum Art Museum (Finland)

<On the Shore with Seabirds and Yellow>, Gigi Mills, 60×36inch, oil on canvas (USA)

 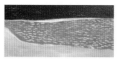 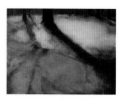

<Lawn Chair>, Eleanor Ray, 6x5inch, oil on panel, 2013 (USA)

<Expanse of river and sky>, Gigi Mills 60×32inch, oil on board (USA)

<Forest>, Szüts Miklós, 61×46cm, watercolor on paper, 2011 (Hungary)

그녀에게

지은이 나희덕
펴낸이 한광희
펴낸곳 (주)예경
기획 유승준
편집 김희선
디자인 마가림

초판 1쇄 발행 2015년 5월 18일
초판 6쇄 발행 2024년 7월 31일

출판 등록 2021년 5월 27일 (제2021-000105호)
주소 경기도 고양시 덕양구 지정로 17, 315호
전화 02-396-3040~2
팩스 02-396-3044
전자우편 webmaster@yekyong.com
홈페이지 http://www.yekyong.com

ISBN 978-89-7084-529-6 (03810)
Copyright©Ra Heeduk

이 도서의 국립중앙도서관 출판예정도서목록(CIP)은 서지정보유통지원시스템 홈페이지(http://seoji.nl.go.kr)와 국가자료공동목록시스템(http://www.nl.go.kr/kolisnet)에서 이용하실 수 있습니다. (CIP제어번호 :CIP2015012922)

책값은 뒤표지에 있습니다.

시와 회화의 절묘한 랑데부를 시도한 이 책은 주로 서양 현대 화가들의 작품을 소개해 동시대를 살아가는 여성들에게 공감각적인 위안과 감동을 전달하고자 했습니다. 세계 각지에서 활동하고 있는 작가들에게 일일이 이메일을 보내고, 전화를 하고, 팩스를 보내 책의 취지를 설명한 뒤 나희덕 시인의 시를 알린 다음 그림에 대한 사용 허락을 받는 일은 짧지도 간단치도 않은 일이었습니다. 이런 과정을 거쳐 책에 실린 작품 대부분은 저작권자의 동의를 얻어 사용하였으나, 일부 이미지는 저작권자 확인 불가로 부득이하게 허가를 받지 못하고 사용할 수밖에 없었습니다. 추후라도 저작권이 확인되는 대로 적법한 절차를 따르겠습니다.